김동희

고려대학교 국어국문학과를 졸업하고 동 대학원에서 박사 학위를 받았다. 현재 고려대학교 민족문화연구원 연구 교수로 재직하고 있으며, 리쓰메이칸대학 코리아연구센터의 객원 연구원으로 소속되어 있다. ……편, 서정시학) 에 수록된 ……

영원한 가설

이상

이상의
일본어 시
28편

김동희
옮김

읻다

京城 李 箱

이상, 〈자상〉 조선미술전람회 도록(1931).

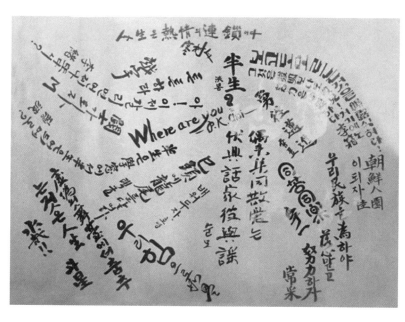

경성고등공업학교 졸업 앨범 속 이상의 친필(우측 상단).

보고도 모르는 것을 폭로시켜라!

그것은 발명보다도 발견!

거기에도 노력은 필요하다.

일러두기

1. 1931년부터 1932년까지 이상이 《조선과 건축朝鮮と建築》에 발표한 시 28편을 연재순으로 엮었다.

2. 번역문의 구성은 원문을 참조하여 역자가 배치한 것이다.

3. 번역문의 윗주는 역자가 부기한 것이다.

4. 한 연의 시작이 다음 장으로 넘어가는 경우 기호(›)로 여백을 표시했다.

5. 맞춤법과 외래어 표기는 국립국어원 규정에 따랐다. 원문에서 띄어 쓴 경우 번역문에서는 전각으로 띄어 변별하였다.

6. 원문의 가타카나는 번역문에서 회색으로 표기했다.

차
례

조
감
도

異常ナ可逆反應

金　海　卿

任意ノ半徑ノ圓（過去分詞ノ相場）

圓內ノ一點ト圓外ノ一點トヲ結ビ付ケタ直線

二種類ノ存在ノ時間的影響性

（ワレワレハコノコトニツィテムトンチャクデアル）

直線ハ圓ヲ殺害シタカ

顯微鏡

ソノ下ニ於テハ人工モ自然ト同ジク現象サレタ。

×

同ジ日ノ午後

이상한 가역반응

김 해 경

임의의 반경의 원(과거분사의 시세)

원 안의 한 점과 원 밖의 한 점을 연결한 직선

두 종류의 존재의 시간적 영향성

(우리들은 이것에 대해 무관심하다)

직선은 원을 살해했는가

현미경

그 아래에서는 인공도 자연과 똑같이 현상되었다。

×

같은 날의 오후

勿論太陽ガ在ッテイナケレバナラナイ場所ニ在ッテイタ

バカリデナクソウシナケレバナラナイ歩調ヲ美化スルコ

トヲモシテイナカッタ。

發達シナイシ發展シナイシ

コレハ憤怒デアル。

鐵柵ノ外ノ白大理石ノ建築物ガ雄壯ニ建ッテイタ

眞々5″ノ角ばあノ羅列カラ

肉體ニ對スル處分法ヲせんちめんたりずむシタ。

目的ノナカッタ丈　冷靜デアッタ

太陽ガ汗ニ濡レタ背ナカヲ照ラシタ時

影ハ背ナカノ前方ニアッタ

人ハ云ッタ

물론 태양이 있지 않으면 안 되는 장소에 있었을
뿐만 아니라 그렇게 하지 않으면 안 되는 보조를 미화하는
것도 하지 않았다。

발달하지 않고 발전하지 않고
이것은 분노다。

철책 밖의 흰 대리석 건축물이 웅장히 서 있었다
사이거리 5" 의 각진 바의 나열에서
육체에 대한 처분법을 센티멘털리즘했다。

목적이 없었을 뿐 냉정했다

그림자는 등의 전방에 있었다
태양이 땀에 젖은 등을 비췄을 때

사람은 말했다

「あの便秘症患者の人はあの金持の家に食鹽を貰ひに這入らうと希つてゐるのである」

ト・・・・・・・・・・・・・・・

1931・6・5

「저 변비증 환자인 사람은 저 부잣집에 식염을 얻으러 들어가기를 원하고 있는 것이다」

라고

· · · · · · · · · · · · · · · · · ·

1931 · 6 · 5

17

破片ノ景色—

△ハ俺ノ AMOUREUSE デアル

▽ハ烈デアル

電燈ガ煙草ヲフカシタ

俺ハ仕方ナク泣イタ

×

▽ョ! 俺ハ苦シイ

俺ハ遊ブ

▽ノすりつばー ハ菓子ト同ジデナイ

如何ニ俺ハ泣ケバョイノカ

×

淋シイ野原ヲ懐ヒ

淋シイ雪ノ日ヲ懐ヒ

俺ノ皮膚ヲ思ハナイ

18

파편의 경치—

△은 나의 AMOUREUSE이다

나는 어쩔 수 없이 울었다

전등이 담배를 피웠다

▽은 \W\이다

×

▽이여!　나는 괴롭다

×

나는 논다

▽의 슬리퍼는 과자와 같지 않다

어떻게 나는 울어야 하는가

×

쓸쓸한 들판을 그리워한다

쓸쓸한 눈 내리는 날을 그리워한다

나의 피부를 생각하지 않는다

記憶ニ對シテ俺ハ剛體デアル

ホントウニ
「一緒に歌ひなさいませ」

ト云ッテ俺ノ膝ヲ叩イタ筈ノコトニ對シテ
▽ハ俺ノ夢デアル。

すてつき!　君ハ淋シク有名デアル

ドウシャウ
　　　×

遂ニ▽ヲ埋葬シタ雪景デアッタ。

1931・6・5

기억에 대해 나는 강체다

정말로

「함께 노래 부릅시다」

라고 하며 나의 무릎을 두드려야만 했던 것에 대해

▽은 나의 꿈이다.

스틱! 너는 쓸쓸하고 유명하다

어찌해야 하나

×

마침내 ▽을 매장한 설경이었다.

1931·6·5

▽　ノ　遊　戯　—

△ハ俺ノ AMOUREUSE デアル

紙製ノ蛇ガ紙製ノ蛇デアルトスレバ

▽ハ蛇デアル

▽ハ踊ッタ

▽ノ笑ヒヲ笑フノハ破格デアッテ可笑シクアッタ

すりつばガ地面ヲ離レナイノハ餘リ鬼氣迫ルコトダ

▽ノ目ハ冬眠デアル

▽ハ電燈ヲ三等ノ太陽ト知ル

×

▽ハ何所ヘ行ッタカ

▽의 유희—

△은 나의 AMOUREUSE이다

▽은 뱀이다

종이로 만든 뱀이 종이로 만든 뱀이라고 한다면

▽은 춤췄다

▽의 웃음을 웃는 것은 파격이어서 이상했다

슬리퍼가 지면을 벗어나지 않는 것은 너무 끔찍한 일이다

▽의 눈은 동면이다

▽은 전등을 삼등 태양으로 안다

×

▽은 어디로 갔는가

ココハ煙突ノてっ片デアルカ

俺ノ呼吸ハ平常デアル

而シヂたんぐすてんハ何デアルカ

（何ンデモナイ）

屈曲シタ直線

ソレハ白金ト反射係数ヲ相等シクスル

▽ハてーぶるノ下ニ隱レタカ ×

1

2

3

여기는 굴뚝 꼭대기인가

나의 호흡은 평상적이다
그런데 텅스텐은 무엇인가
(아무것도 아니다)

굴곡진 직선
그것은 백금과 반사 계수를 동일하게 한다

▽은 레이블 밑에 숨었는가

×

1

2

3

電報ハ來テイナイ

3ハ公倍數ノ征伐ニ赴イタ

1931・6・5

3은 공배수의 정벌로 향했다

전보는 오지 않는다

1931 · 6 · 5

ひ　　げ――

（鬚・髯・ソノ外ひげデアリ得ルモノラ・皆ノコト）

1

目ガアッテ居ナケレバナラナイ筈ノ場所ニハ森林デアル

笑ヒガ在ッテ居タ

2

人参

3

あめりかノ幽霊ハ水族館デアルガ非常ニ流麗デアル

ソレハ陰鬱デデモアルコトダ

4

渓流ニテ――

乾燥シタ植物性デアル

秋

수염—

(수염·수염·그 외 수염일 수 있는 것들·모든 것)

1

눈이 있지 않으면 안 되는 장소에는 삼림인

웃음이 자리해 있었다

2

당근

3

아메리카의 유령은 수족관인데 매우 유려하다

그것은 음울하기도 한 것이다

4

계류에서—

건조한 식물성인

가을

5

一小隊ノ軍人ガ東西ノ方向ヘト前進シタト云フコトハ無意味ナコトデナケレバナラナイ

運動場ガ破裂シ龜裂スルバカリデアルカラ

6

三心圓

7

粟ヲツメタめりけん袋

簡單ナ須臾ノ月夜デアツタ

8

何時デモ泥棒スルコト許リ計畫シテ居タ

ソウデハナカツタトスレバ少クトモ物乞ヒデハアツタ

9

疎ナルモノハ密ナルモノノ相對デアリ又

平凡ナモノハ非凡ナモノノ相對デアツタ

俺ノ神經ハ娼女ヨリモモツト貞淑ナ處女ヲ願ツテイタ

5

한 소대의 군인이 동서 방향으로 전진했다고 하는 것은

무의미한 일이 아니면 안 된다

6

운동장이 파열하고 균열할 뿐이기 때문에

삼
심
원

7

조를 채워 넣은 미국산 포대

간단한 수유의 달밤이었다

8

언제나 도둑질할 것만 계획하고 있었다

그렇지는 않았다고 한다면 적어도 구걸이기는 했다

9

성긴 것은 조밀한 것의 상대이고 또한

평범한 것은 비범한 것의 상대였다

나의 신경은 창녀보다도 더 정숙한 처녀를 원하고 있었다

馬——

汗——

10

×

余事務ヲ以テ散歩トスルモ宜シ

余天ノ青キニ飽ク斯ク閉鎖主義ナリ

1931・6・5

땀 말
｜ ｜

×

나 사무를 산책이라 해도 받아들인다

나 하늘의 푸르름에 싫증난다 이처럼 폐쇄주의로다

1931·6·5

BOITEUX ● BOITEUSE

長イモノ

短イモノ

十文字　×

然シ　CROSS　ニハ油ガツイテイタ

墜落

巳ムヲ得ナイ平行

物理的ニ痛クアツタ

（以上平面幾何學）

×

BOITEUX · BOITEUSE

긴 것

짧은 것

열십자

×

그러나 CROSS에는 기름이 묻어 있었다

추락

어쩔 수 없는 평행

물리적으로 아팠다

(이상 평면기하학)

×

をれんぢ

大砲

匍匐

氣ナイ　　×

若シ君ガ重傷ヲ負フタトシテモ血ヲ流シタトスレバ味

おー

沈默ヲ打撲シテホシイ

沈默ヲ如何ニ打撲シテ俺ハ洪水ノヨウニ騷亂スベキカ

沈默ハ沈默カ

めすヲ持タヌトテ醫師デアリ得ナイデアラウカ

36

오렌지

대포

포복

×

만약 네가 중상을 입었다 할지라도 피를 흘렸다고 한다면

따분하다

오—

침묵을 타박하길 원한다

침묵을 어떻게 타박해 나는 홍수처럼 소란해야만 하는가

침묵은 침묵인가

메스를 갖지 않았다고 해서 의사일 리 없는 것인가

天體ヲ引キ裂ケバ音位スルダラウ

俺ノ歩調ハ繼續スル

何時迄モ俺ハ屍體デアラントシテ屍體ナラヌコトデア

ラウカ

1931・6・5

천체를 찢는다면 소리쯤은 나겠지

나의 보조는 계속된다
언제까지나 나는 시체이고자 하면서 시체이지 않은
것인가

1931·6·5

39

空　腹 ——

右手ニ菓子袋ガナイ　ト云ッテ
左手ニ握ラレテアル菓子袋ヲ探シニ今來タ道ヲ五里モ逆
戻リシタ

×

コノ手ハ化石シタ

×

コノ手ハ今ハモウ何物モ所有シタクモナイ所有セルモノ
ノ所有セルコトヲ感ジルコトヲモシナイ

×

今落チツツアルモノガ雪ダトスレバ　今落チタ俺ノ涙ハ
雪デアルベキダ

俺ノ内面ト外面ト
コノコトノ系統デアルアラユル中間ラハ恐ロシク寒イ

40

공복——

오른손에 과자 봉지가 없다 고 해서
왼손에 쥐어져 있는 과자 봉지를 찾으러 방금 온 길을 5 리나
되돌아갔다

×

이 손은 화석이 되었다

×

이 손은 이제는 더 이상 아무것도 소유하고 싶지도 않다 소유한 것의
소유한 것을 느끼는 것조차 하지 않는다

×

지금 떨어지고 있는 것이 눈이라고 한다면 지금 떨어진 나의 눈물은
눈이어야 한다

나의 내면과 외면과
이것의 계통인 모든 중간들은 지독히 춥다

左　右

コノ兩側ノ手ラガオ互ノ義理ヲ忘レテ　再ビト握手スル

コトハナク

困難ナ勞働バカリガ横タワッテイル コノ片附ケテ行カネ

バナラナイ道ニ於テ獨立ヲ固執スルノデハアルガ

寒クアラウ

寒クアラウ

　　　　　×

誰ハ俺ヲ指シテ孤獨デアルト云フカ

コノ群雄割據ヲ見ヨ

コノ戰爭ヲ見ヨ

　　　×

俺ハ彼等ノ軋轢ノ發熱ノ眞中デ昏睡スル

退屈ナ歳月ガ流レテ俺ハ目ヲ開イテ見レバ

屍體モ蒸發シタ後ノ靜カナ月夜ヲ俺ハ想像スル

42

좌 우

이 양측 손들이 서로의 의리를 잊어 다시 악수하는

일은 없고

곤란한 노동만이 가로놓여 있는 이 정돈해 나가지

않으면 안 되는 길에서 독립을 고집하는 것인데

추울 것이다

추울 것이다

×

누구는 나를 가리켜 고독하다고 하는가

×

이 군웅할거를 보라

이 전쟁을 보라

×

나는 그들의 알력의 발열 한가운데에서 혼수한다

지루한 세월이 흐르고 나는 눈을 떠 보면

시체도 증발한 후의 고요한 달밤을 나는 상상한다

無邪氣ナ村落ノ飼犬ヲ　吠エルナヨ
俺ノ體溫ハ適當デアルシ
俺ノ希望ハ甘美クァル。

1931・6・5

44

천진한 촌락의 집개들아 짖지 말아라

나의 체온은 적당하고

나의 희망은 감미롭다。

1
9
3
1
·
6
·
5

45

鳥瞰圖

金海卿

조감도

김 해 경

◇二 人……1……

キリストは見窄らしい着物で説教を始めた。
アアルカァボネは橄欖山を山のまゝ拉撮し去つた。

× × ×

一九三〇年以後のこと——。
ネオンサインで飾られた或る教會の入口では肥つちよのカァボネが頬の傷痕を伸縮させながら切符を賣つていた。　　一九三一、八、一一

◇ 두 사람······1······

그리스도는 남루한 차림으로 설교를 시작했다.

알 카포네는 감람산을 산째로 캐 갔다.

×

1930년 이후의 일——.

네온사인으로 장식된 어느 교회 입구에는

뚱보인 카포네가 뺨의 상흔을 신축시켜 가면서

표를 팔고 있었다.　一九三一、八、一

◇二　人‥‥2‥‥

アアルカアボネの貨幣は迚も光澤がよくメダ
ルにしてい〻位だがキリストの貨幣は見られぬ
程貧弱で何しろカネミ云ふ資格からは一歩も出
ていない

　カアボネがプレツサンこして送つたフロック
コオトをキリストは最後迄突返して已んだこ云
ふこゝは有名ながら尤もな話ではないか。

　　　　　　　　　　　　一九三一、八、二一

◇ 두 사람······2······

알 카포네의 화폐는 매우 광택이 좋아 메달로 해도 좋을 정도인데 그리스도의 화폐는 볼품없을 정도로 빈약하여 아무튼 돈이라는 자격에서는 한 발짝도 벗어나지 않는다

카포네가 프레상[présent]으로 보낸 프록코트를 그리스도는 마지막까지 되돌려주었다고 하는 것은 유명하면서 당연한 이야기이지 않은가。

一九三一、八、一一

◈神經質に肥滿した三角形

▽は俺のAMOUREUSEである

▽よ　角力に勝つた經驗はぎれ丈あるか。

▽よ　見れば外套にブッつゝまれた背面しかな
いよ。

▽よ　俺はその呼吸に碎かれた樂器である。

俺に如何なる孤獨は訪れ來樣こも俺は××し
ないこてあらう。であればこそ。
俺の生涯は原色に似て豐富である。

しかるに俺はキャラバンだこ。
しかるに俺はキャラバンだこ。

一九三一、六、一

◈ 신경질적으로 비만한 삼각형

▽은 나의 AMOUREUSE이다

▽이여 힘겨루기에서 이긴 경험은 어느 정도 있는가.

▽이여 보아하니 외투에 뒤덮인 등밖에 없구나.

▽이여 나는 그 호흡에 부서진 악기다.

나에게 웬만한 고독은 찾아오더라도 나는 ××하지 않을 것이다. 그러하기에. 나의 생애는 원색을 닮아 풍부하다.

그런데 나는 카라반이라고. 그런데 나는 카라반이라고.

一九三一、六、一

53

焰の様な風が吹いたけれごもけれごも氷の様
な水晶體はある。　憂愁は **DICTIONAIRE** の
様に純白である。　緑色の風景は網膜へ無表情を
もたらしそれで何んでも皆灰色の朗らかな調子
である。

　野鼠の様な地球の險しい背なかを匍匐するこ
こはそも誰が始めたかを瘦せて矮少である **OR
GANE** を愛撫しつゝ歴史本の空ペェヂを翻へ
す心は平和な文弱である。その間にも埋葬され
行く考古學は果して **性慾** を覺へしむるこさはな
い所の最も無味であり神聖である **微笑** さ共に小
規模ながら移動されて行く糸の様な童話でなけ
ればならないこさでなければ何んであつたか。

54

◇ LE URINE

불꽃 같은 바람이 불었건만 그렇건만 얼음 같은 수정체는 있다. 우수는 DICTIONAIRE처럼 순백하다. 녹색 풍경은 망막에 무표정을 가져오고 그리하여 무엇이든 모두 잿빛의 명랑한 상태다.

들쥐 같은 지구의 험준한 등을 포복하는 것은 대체 누가 시작했는가를 마르고 왜소한 ORGANE을 애무하면서 역사책의 빈 페이지를 뒤집는 마음은 평화로운 문약이다. 그 사이에도 매장되어 가는 고고학은 과연 성욕을 느끼게 한 적은 없는 바 가장 무미하고 신성한 미소와 더불어 소규모이면서 이동해 가는 실 같은 동화가 아니면 안 되는 것이 아니면 무엇이었는가.

濃緑の扁平な蛇類は無害にも水泳する硝子の流動體は無害にも牛島でもない或る無名の山岳を島嶼の様に流動せしめるのでありそれで驚異こ神秘こ又不安をもを一緒に吐き出す所の透明な空氣は北國の様に冷くあるが陽光を見よ。鴉は恰かも孔雀の様に飛翔し鱗を無秩序に閃かせる牛個の天體に金剛石こ毫も變りなく平民的輪廓を日歿前に質せて囁るこはなく所有しているのである。

数字の COMBINATION をかれこれこ忘却していた若干小量の腦髓には砂糖の様に淸廉な異國情調故に假睡の状態を唇の上に花咲かせながらいる時繁華な花共は皆イヅコへこ去り之を木彫の小さい羊が雨脚を曳ひジット何事かに傾聽しているか。

진녹색의 편평한 뱀류는 무해함에도 수영하는 유리의 유동체는 무해함에도 반도도 아닌 어느 무명의 산악을 도서처럼 유동하게 한 것이고 그로 인해 경이와 신비와 또한 불안마저도 함께 게워낸 바투명한 공기는 북국처럼 차기는 하나 양광을 보라. 까마귀는 흡사 공작처럼 비약해 비늘을 무질서하게 번득이는 반개의 천체에 금강석과 조금도 변함없이 평민적 윤과을 일몰 전에 속여 우쭐대는 일은 없이 소유하고 있는 것이다.

숫자의 COMBINATION을 그럭저럭 망각하고 있었던 약간 소량의 뇌수에는 설탕처럼 청렴한 이국정조 때문에 가수면 상태를 입술 위에 꽃피우고 있을 때 번화한 꽃들은 모두 어딘가로 가고 이것을 목각의 작은 양이 두 다리를 잃고 가만히 무슨 일에 경청하고 있는가.

水分のない蒸氣のためにあらゆる行李は乾燥
して飽くこ≳ない午後の海水浴場附近にある休
業日の潮湯は芭蕉扇の様に悲哀に分裂する圓形
音樂こ休止符、オオ踊れよ、日曜日のビィナス
よ、しはがれ聲のまゝ歌へよ日曜日のビィナス
よ。

　その平和な食堂ドァァには白色透明なる ME
NSTRUATION こ表札がくつ附いて限ない電
話を疲勞して LIT の上に置き亦白色の巻煙草
をそのまゝくはへているが。

　マリアよ、マリアよ、皮膚は眞黒い　マリア
よ、ごこへ行つたのか、浴室の水道コックから
は熱湯が徐々に出ているが行つて早く昨夜を塞
げよ、俺はゴハンが食べたくないからスリッパ
ァを畜音機の上に置いてくれよ。

58

수분 없는 증기 때문에 모든 고리짝은 건조해

싫증 나지 않는 오후의 해수욕장 부근에 있는

휴업일의 해수온천은 파초선처럼 비애에 분열하는 원형

음악과 휴지부, 오오 춤추어라, 일요일의 비너스여,

신 목소리인 채 노래 불러라 일요일의 비너스여.

그 평화로운 식당 도어에는 백색 투명한

MENSTRUATION이라는 표찰이 달라붙어 끊임없는

전화를 피로해 LIT 위에 두고 또한 백색 권련초를

그대로 물고 있는데.

마리아여, 마리아여, 피부는 새까만 마리아여,

어디로 갔느냐, 욕실 수도 콕cock에서는

뜨거운 물이 서서히 나오는데 가서 빨리 어젯밤을

막으렴, 나는 밥이 먹고 싶지 않으니 슬리퍼를

축음기 위에 놓아 주렴.

數知れぬ雨が數知れぬヒサシを打つ打つのである。キット上膞ミ下膞ミの共同疲勞に違ひない褪め切つた中食をミつて見るか——見る。マンドリンはひこりでに荷造りし杖の手に持つてその小さい柴の門を出るならばいつなん時香線の樣な黃昏はもはや來たこ云ふ消息であるか、牡鷄よ、なるべくなら巡査の來ないうちにうなだれたま微々ながら啼いてくれよ、太陽は理由もなくサボタァジをほしいまゝにしていることを全然事件以外のこゝでなければならない。

一九三一、六、一八

무수한 비가 무수한 차양을 두드린다 두드리는 것이다. 분명 상박과 하박의 공동 피로임에 틀림없는 식어빠진 점심을 먹어볼까 —— 본다.

만돌린은 스스로 짐을 싸고 지팡이의 손에 쥐고 그 작은 사립문을 나온다면 언제 어느 때 향 같은 황혼은 어느새 왔다는 소식인가,

수탉이여, 되도록이면 순사가 오지 않는 동안에 고개를 떨군 채 미미하게 울어주렴, 태양은 이유도 없이 사보타주를 원하는 채로 있는 것을 전혀 사건 이외의 일이 아니면 안 된다.

一九三一、六、一八

◈ 顔

ひもじい顔を見る。

つや〳〵した髮のけのしたになぜひもじい顔
はあるか。

あの男はどこから來たか。
あの男はどこから來たか。

あの男のお母さんの顔は醜いに違ひないけれ
どもあの男のお父さんの顔は美しいに違ひない
と云ふのはあの男のお父さんは元元金持だつた
のをあの男のお母さんをもらつてから急に貧乏
になつたに違ひないと思はれるからであるが本
當に子供と云ふものはお父さんよりもお母さん
によく似ているこ云ふことは何も顔のことでは

62

배고픈 얼굴을 본다.

반드르한 머리카락 밑에 어째서 배고픈 얼굴은 있는가.

저 사나이는 어디에서 왔는가.
저 사나이는 어디에서 왔는가.

저 사나이 어머니의 얼굴은 추함에 틀림없다 하더라도 저 사나이 아버지의 얼굴은 잘생겼음에 틀림없다고 하는 것은 저 사나이 아버지는 원래 부자였던 것을 저 사나이 어머니를 얻고부터 갑자기 궁핍하게 되었음에 틀림없다고 여겨지기 때문이지만 정말로 아이라고 하는 것은 아버지보다도 어머니를 많이 닮았다고 하는 것은 딱히 얼굴이 아닌

なく性行のこゝであるがあの男の顔を見るこあ
の男は生れてから一體笑つたこゝがあるのかゝ
思はれる位氣味の悪い顔であることから云つて
あの男は生れてから一度も笑つたこゝがなかつ
たばかりでなく泣いたこゝもなかつた樣に思は
れるからもつこもつゝ氣味の悪い顔であるのは
卽ちあの男はあの男のお母さんの顔ばかり見て
育つたものだからさうであるはづだこ思つても
あの男のお父さんは笑つたりしたこゝには違ひ
ないはづであるのに一體子供ゝ云ふものはよく
なんでもまねる性質があるにもかゝはらずあの
男がすこしも笑ふこゝを知らない樣な顔ばかり
してゐるのから見るこあの男のお父さんは海外
に放浪してあの男が一人前のあの男になつても
それでもまだまだ歸つて來なかつたに違ひない
ゝ思はれるから父それぢやあの男のお母さんは

품행인데 저 사나이 얼굴을 보면
저 사나이는 태어나면서부터 대체 웃어본 적이 있는가라고
여겨질 정도로 섬뜩한 얼굴이기에
저 사나이는 태어나면서부터 한 번도 웃었던 적이 없었을
뿐만 아니라 울었던 적도 없었던 것처럼
여겨지기 때문에 더욱더 섬뜩한 얼굴인 것은
다름 아닌 저 사나이는 저 사나이 어머니의 얼굴만을 보고
자랐기 때문에 그러할 것이라고 생각해도
저 사나이 아버지는 웃기도 했음에 틀림없을
것인데 대체로 아이라고 하는 것은 곧잘
무엇이든 따라 하는 성질이 있음에도 불구하고 저
사나이가 조금도 웃을 줄 모르는 것 같은 얼굴만
하고 있는 것으로 보건대 저 사나이 아버지는 해외를
방랑해 저 사나이가 제구실하는 저 사나이가 되어도
그럼에도 아직도 돌아오지 않았음에 틀림없다고
여겨지기 때문에 또한 그렇다면 저 사나이 어머니는

一體どうしてその日その日を食つて來たかと云ふことが問題になることは勿論だが何はこれもあれあの男のお母さんはひもじかつたに違ひないからひもじい顔をしたに違ひないが可愛い一人のせがれのことだからあの男だけはなんさかしてでもひもじくない樣にして育て上げたに違ひないけれども何しろ子供と云ふものはお母さんを一番頼りにしてゐるからお母さんの顔ばかりを見てあれが本當にあたりまへの顔だなと思ひこんでしまつてお母さんの顔ばかりを一生懸命にまねたに違ひないのでそれが今は口に金齒を入れた身分と時分にになつてももうどうするこども出來ない程固まつてしまつているのではないかと思はれるのは無理もないことだがそれにしてもつやつやした髪のけのしたになぜあの氣味の悪いひもじい顔はあるか。

一九三一、八、一五

대체 어떻게 그날그날을 먹고살아 왔는가라고
하는 것이 문제가 되는 것은 물론이지만 어찌되었든
저 사나이 어머니는 배고팠음에 틀림없기
때문에 배고픈 얼굴을 했음에 틀림없지만 귀여운
유일한 자식이므로 저 사나이만은 어떻게든
해서라도 배고프지 않도록 길러냈음에
틀림없지만 여하튼 아이라고 하는 것은 어머니를
가장 의지하고 있으므로 어머니의 얼굴만을
보고 저것이 정말로 당연한 얼굴이라고 생각해
버려서 어머니의 얼굴만을 열심히
흉내 냈음에 틀림없기에 그것이 지금은 입에 금니를
넣은 신분과 시기가 되어도 이제 어찌할 수
없을 정도로 굳어져 버린 것은
아닌가라고 여겨지는 것은 무리도 아니지만
그럼에도 반드르르한 머리카락 밑에 어째서 저
섬뜩한 배고픈 얼굴은 있는가.

一九三一、八、一五

◇ 運　動

　一階の上の二階の上の三階の上の屋上庭園に上つて南を見ても何もないし北を見ても何もないから屋上庭園の下の三階の下の二階の下の一階へ下りて行つたら東から昇つた太陽が西へ沈んで東から昇つて西へ沈んで東から昇つて西へ沈んで東から昇つて空の眞中に來ているから時計を出して見たらこまつてはいるが時間は合つているけれども時計はおれよりも若いじやないかと云ふよりはおれは時計よりも老つているぢやないこぎうしても思はれるのはきつさうであるに違ひないからおれは時計をすてゝしまつた。

　　　　　　　　　一九三一、八、一一

운동

1층 위의 2층 위의 3층 위의 옥상정원에 올라 남을 봐도 아무것도 없고 북을 봐도 아무것도 없으므로 옥상정원 아래의 3층 아래의 2층 아래의 1층으로 내려왔더니 동에서 뜬 태양이 서로 지고 동에서 떠서 서로 지고 동에서 떠서 서로 지고 동에서 떠서 하늘 한가운데에 와 있으므로 시계를 꺼내어 보니 멈췄는 있으나 시간은 맞음에도 시계는 나보다도 젊지 않은가라고 하기보다는 나는 시계보다도 늙어 있지 않다라고 어찌해도 여겨지는 것은 분명 그러함에 틀림없으므로 나는 시계를 버리고 말았다.

一九三一、八、一一

69

◇狂女の告白

チンナでああるS子様には本當に氣の毒です。そしてB君　君に感謝しなければならないだらう。われわれはS子様の前途に再びご光明のあらんことを祈らう。

蒼白いチンナ

顏はチンナ履歴書である。チンナの口は小さいからチンナは溺死しなければならぬがチンナは水の様に時々荒れ狂ふことがある。あらゆる明るさの太陽等の下にチンナはげにも澄んだ水の様に流れを漂はせていたがげにも靜かであり滑らかな表面は礫を食べたか食べなかつたか常に渦を持つてゐる剥げた純白色である。

◇ 광녀의 고백

여자인 S코 씨에게는 정말로 미안합니다. 그리고 B군 자네에게 감사하지 않으면 안 되겠지요. 우리는 S코 씨의 앞길에 다시 한번 광명이 있기를 바랍니다.

창백한 여자

얼굴은 여자 이력서다. 여자의 입은 작기 때문에 여자는 익사하지 않으면 안 되지만 여자는 물처럼 때때로 미쳐 날뛰는 일이 있다. 온갖 밝음의 태양 등의 아래에 여자는 참으로 맑은 물처럼 정처 없이 떠돌고 있었지만 참으로 고요하고 매끄러운 표면은 조약돌을 먹었는지 먹지 않았는지 항상 소용돌이를 갖고 있는 바랜 순백색이다.

71

カッパラハウトスルカラアタシノハウカラヤ
ツチマツタワ。

猿の様に笑ふヲンナの顔には一夜の中にげに
も美しくつやつやした岱赭色のチョコレヱトが
無数に實つてしまつたからヲンナは遮二無二チ
ョコレヱトを放射した。チョコレヱトは黒檀の
サアベルを引摺りながら照明の合間合間に撃劍
を試みても笑ふ。笑ふ。何物も皆笑ふ。笑ひが
遂に飴の様にころころと粘つてチョコレヱトを
食べてしまつて彈力剛氣に富んだあらゆる標的
は皆無用こなり笑ひは粉々に碎かれても笑ふ。
笑ふ。青く笑ふ、針の鐵橋の様に笑ふ。ヲンナ
は羅漢を孕んだのだこ皆は知りヲンナも知る。
羅漢は肥大してヲンナの子宮は雲母の様に膨れ
ヲンナは石の様に固いチョコレヱトが食べたか

72

날치기하려고 하길래 내 쪽에서 해버렸지 뭐.

원숭이처럼 웃는 여자의 얼굴에는 하룻밤 사이에 참으로 아름답고 반드르르한 적갈색 초콜릿이 무수히 열매 맺혀버렸기 때문에 여자는 마구 초콜릿을 방사했다. 초콜릿은 흑단 사벌을 질질 끌면서 조명 사이사이에 격검을 시도해 봐도 웃는다. 웃는다. 어느 것이나 모두 웃는다. 웃음이 마침내 엿처럼 끈적끈적하게 들러붙어 초콜릿을 먹어버리고 탄력 강기에 찬 온갖 표적은 모두 무용이 되어 웃음은 산산이 부서져도 웃는다. 웃는다. 파랗게 웃는다, 바늘의 철교처럼 웃는다. 여자는 나한을 밴 것이라고 모두 알고 여자도 안다. 나한은 비대해 여자의 자궁은 운모처럼 부풀어 여자는 돌처럼 딱딱한 초콜릿이 먹고 싶었던

73

つたのである。ヲンナの登る階段は一段一段が
更に新しい焦熱氷地獄であつたからヲンナは樂
しいチョコレエトが食べたいと思はないここは
困難であるけれども慈善家としてのヲンナは一
こ肌脱いだ積りでしかもヲンナは堪らない程息
苦しいのを堪へたがこんなに迄新鮮でない慈善
事業が又さあるでしようかヲンナは一こ晩中
悶へ續けたけれどもヲンナは全身の持つ若干個
の濕氣を帶びた穿孔（例へば目其他）の附近の
芥は拂へないのであつた。

　ヲンナは勿論あらゆるものを棄てた。ヲンナ
の名前も、ヲンナの皮膚に附いてゐる長い年月
の間やうこ出來た垢の薄膜も甚だしくはヲンナ
の唾腺を迄も、ヲンナの頭は鹽で淨められた樣
なものである。そして溫度を持たないゆるやか
な風がげにも康衢煙月の樣に吹いてゐる。ヲン

것이다. 여자가 오르는 계단은 한 층 한 층이
더욱 새로운 초열빙지옥이었기 때문에 여자는
즐거운 초콜릿이 먹고 싶다고 생각하지 않는 것은
곤란하면서도 자선가로서의 여자는
발벗고 나설 심산으로 그러면서도 여자는 견딜 수 없을 만큼
답답함을 느꼈는데 이다지도 신선하지 않은 자선
사업이 또 있을까요라고 여자는 밤새도록
번민하였지만 여자는 전신이 지닌 몇 방울의
습기를 머금은 천공(예를 들면 눈 기타) 부근의
먼지는 털 수 없는 것이었다.

　여자는 물론 모든 것을 버렸다. 여자의
이름도, 여자의 피부에 붙어 있는 오랜 세월
동안 겨우 생긴 때의 박막도 심지어는 여자의
침샘마저도, 여자의 머리는 소금으로 씻긴
것과 같다. 그리하여 온도를 갖지 않는 잔잔한
바람이 참으로 강구연월처럼 불고 있다.

ナは獨り望遠鏡でＳＯＳをきく、そしてデッキを走る。ヲンナは青い火花の彈が眞裸のまゝ走つてゐるのを見る。ヲンナはヲロウラを見る。デッキの勾欄は北極星の甘味しさを見る。巨大な膃肭臍の背なかを無事に驅けることがヲンナこして果して可能であり得るか、ヲンナは發光する波濤を見る。發光する波濤はヲンナに白紙の花ビラをくれる。ヲンナの皮膚は剝がれ剝がれた皮膚は羽衣の樣に風に舞ふてゐるげにも涼しい景色であるここに氣附いて皆はゴムの樣な兩手を擧げて口を拍手させるのである。

アタシタビガヘリ、ネルニトコナシヨ。

여자는 홀로 망원경으로 SOS를 듣는다, 그리고 덱을 deck
달린다. 여자는 푸른 불꽃 탄이 벌거벗은 채
달리고 있는 것을 본다. 여자는 오로라를 본다.
덱의 높은 난간은 북극성의 감미로움을 본다. 거대한
물개의 등을 무사히 달리는 것이 여자로서
과연 가능한 것인가, 여자는 발광하는
파도를 본다. 발광하는 파도는 여자에게 백지
꽃잎을 준다. 여자의 피부는 벗겨지고 벗겨진
피부는 날개옷처럼 바람에 나부끼고 있는 참으로
서늘한 경치인 것을 깨닫고 모든 이는 고무 같은
두 손을 들어 입을 박수하게 하는 것이다.

나 여행에서 돌아옴, 잘 곳 없어요.

77

ヲンナは遂に堕胎したのである。トランクの中には千裂れ千裂れに砕かれた POUDRE V ERTUEUSE が複製されたのこも一緒に一杯つめてある。死胎もある。ヲンナは古風な地圖の上を毒毛をばら撒きながら蛾の様に翔ぶ。をんなは今は最早五百羅漢の可哀相な男寡達には欠ぐに欠ぐべからざる一人妻なのである。チンナは鼻歌の様な ADIEU を地圖のエレベエションに告げ NO.1~500 の何れかの寺刹へこ歩みを急ぐのである。

一九三一、八、一七

여자는 마침내 낙태했던 것이다. 트렁크 속에는 천 갈래 천 갈래로 찢어진 POUDRE VERTUEUSE가 복제된 것과 함께 가득 채워져 있다. 죽은 태아도 있다. 여자는 고풍스러운 지도 위를 독모를 흩뿌리면서 나방처럼 난다. 여자는 지금은 이미 5백 나한의 가엾은 홀아비들에게는 없을려야 없을 수 없는 한 사람의 아내인 것이다. 여자는 콧노래 같은 ADIEU를 지도의 엘리베이션elevation에 알리고 NO.1~500의 어딘가의 사찰로 걸음을 재촉하는 것이다.

一九三一、八、一七

◇ 興 行 物 天 使

—— 或る後日譚こして ——

　整形外科は**ヲ**ンナの目を引き裂いてこてつも
なく老ひぼれた曲藝象の目にしてしまつたのであ
る。ヲンナは飽きる程笑つても果又笑はなくて
も笑ふのである。

　ヲンナの目は北極に邂逅した。北極は初冬で
ある。ヲンナの目には白夜が現はれた。ヲンナ
の目は膃肭臍の背なかの様に氷の上に滑り落ち
てしまつたのである。

　世界の**寒流**を生む風が**ヲ**ンナの目に吹いた。
ヲンナの目は荒れたけれごもヲンナの目は恐ろ
しい氷山に包まれてるて波濤を起すこ≒は不可
能である。

◇ 흥행물 천사

—— 어떤 후일담으로 ——

정형외과는 여자의 눈을 찢어 터무니없이 늙어빠진 곡예 코끼리의 눈으로 만들어버렸던 것이다.

여자는 실컷 웃어도 또는 웃지 않아도 웃는 것이다.

여자의 눈은 북극에서 해후했다. 북극은 초겨울이다. 여자의 눈에는 백야가 나타났다. 여자의 눈은 물개의 등처럼 얼음 위에 미끄러져 떨어지고 말았던 것이다.

세계의 한류를 만드는 바람이 여자의 눈에 불었다. 여자의 눈은 거칠어졌지만 여자의 눈은 무서운 빙산에 에워싸여 있어 파도를 일으키는 것은 불가능하다.

ヲンナは思ひ切つてNUになつた。汗孔は汗孔だけの荊莿になつた。ヲンナは歌ふつもりで金切聲でないた。　北極は鍾の音に慄へたのである。

◇　　　◇

辻音樂師は溫い春をばら撒いた乞食見たいな天使。　天使は雀の樣に痩せた天使を連れて步く。

天使の蛇の樣な鞭で天使を擲つ。
天使は笑ふ、天使は風船玉の樣に膨れる。

天使の興行は人目を惹く。
人々は天使の貞操の面影を留めるこ云はれる
原色寫眞版のエハガキを買ふ。

여자는 과감히 ZU가 되었다. 땀샘은
땀샘만의 가시가 되었다. 여자는 노래 부르려다
쇳소리로 울었다. 북극은 종소리에 떨렸던 것이다.

거리 음악가는 따스한 봄을 흩뿌린 거지 같은
천사. 천사는 참새처럼 마른 천사를 데리고 다닌다.

천사의 뱀 같은 채찍으로 천사를 때린다.
천사는 웃는다, 천사는 고무풍선처럼 부푼다.

천사의 흥행은 이목을 끈다.
사람들은 천사의 정조의 면모를 지닌다고 하는
원색 사진판 그림엽서를 산다.

天使は履物を落して逃走する。

天使は一度に十以上のワナを投げ出す。

日暦はチョコレェトを増す。

ヲンナはチョコレェトで化粧するのである。

ヲンナはトランクの中に泥にまみれたヅウチヅミ一緒になき伏す。ヲンナはトランクを持ち運ぶ。

ヲンナのトランクは蓄音機である。

蓄音機は喇叭の樣に赤い鬼青い鬼を呼び集めた。

赤い鬼青い鬼はペンギンである。サルマタしかきていないペンギンは水腫である。

ヲンナは象の目ご頭蓋骨大程の水晶の目ごを

84

천사는 신발을 떨어뜨리고 도주한다.

천사는 한 번에 열 이상의 덫을 내던진다.

일력은 초콜릿을 늘린다.

여자는 초콜릿으로 화장하는 것이다.

여자는 트렁크 속에 진흙으로 뒤범벅된 드로어즈와 함께 엎드려 운다. 여자는 트렁크를 운반한다.

여자의 트렁크는 축음기다.

축음기는 나팔처럼 붉은 귀신 푸른 귀신을 불러 모았다.

붉은 귀신 푸른 귀신은 펭귄이다. 사루마타^{サルマタ}밖에 입지 않은 펭귄은 수종이다.

여자는 코끼리의 눈과 두개골 크기 정도의 수정의 눈을

85

縦横に繰つて秋波を濫發した。

チンナは満月を小刻みに刻んで饗宴を張る。

人々はそれを食べて豚の様に肥満するチョコレ

エトの香りを放散するのである。

一九三一、八、一八

종횡으로 굴리며 추파를 남발했다.

여자는 만월을 잘게 잘라서 향연을 펼친다.

사람들은 그것을 먹고 돼지처럼 비만한 초콜릿 향기를 방산하는 것이다.

一九三一、八、一八

三次角設計圖

金 海 卿

삼차각설계도

김 해 경

◇線に關する覺書 ―

● ● ● ● ● ● ● ● ● ● 1
● ● ● ● ● ● ● ● ● ● 2
● ● ● ● ● ● ● ● ● ● 3
● ● ● ● ● ● ● ● ● ● 4
● ● ● ● ● ● ● ● ● ● 5
● ● ● ● ● ● ● ● ● ● 6
● ● ● ● ● ● ● ● ● ● 7
● ● ● ● ● ● ● ● ● ● 8
● ● ● ● ● ● ● ● ● ● 9
● ● ● ● ● ● ● ● ● ● 0

0 9 8 7 6 5 4 3 2 1

（宇宙は巾に依る巾に依る）

（人は數字を捨てよ）

（静かにオレを電子の 陽子にせよ）

0	9	8	7	6	5	4	3	2	1	
●	●	●	●	●	●	●	●	●	●	1
●	●	●	●	●	●	●	●	●	●	2
●	●	●	●	●	●	●	●	●	●	3
●	●	●	●	●	●	●	●	●	●	4
●	●	●	●	●	●	●	●	●	●	5
●	●	●	●	●	●	●	●	●	●	6
●	●	●	●	●	●	●	●	●	●	7
●	●	●	●	●	●	●	●	●	●	8
●	●	●	●	●	●	●	●	●	●	9
●	●	●	●	●	●	●	●	●	●	0

(우주는 떡에 의한 떡에 의한다)

(사람은 숫자를 버려라)

(조용히 나를 전자의 양자로 하라)

スペクトル

軸X　軸Y　軸Z

速度etcの統制例へば光は秒毎
三〇〇〇〇〇キロメートル逃げる
ここが確かなら人の發明は秒毎六
〇〇〇〇キロメートル逃げられ
ないこゝはキツトない。それを何
十倍何百倍何千倍何萬倍何億倍何
兆倍すれば人は數十年數百年數千
年數萬年數億年數兆年の太古の事
實が見れるじやないか、それを又
絶えず崩壊するものこするか、原
子は原子であり原子であり原子で
ある、生理作用は變移するもので
あるか、原子は原子でなく原子で

축 X   축 Y   축 Z

속도 etc의 통제 예컨대 빛은 매초
300000킬로미터 달아나는
것이 확실하다면 사람의 발명은 매초
60000킬로미터 달아날 수
없는 것은 분명 아니다. 그것을 몇십
배 몇백 배 몇천 배 몇만 배 몇억 배 몇조
배 한다면 사람은 수십 년 수백 년 수천
년 수만 년 수억 년 수조 년의 태고의
사실을 볼 수 있지 않을까, 그것을 또한
끊임없이 붕괴하는 것이라고 하는가,
원자는 원자이고 원자이고 원자이다、
생리작용은 변이하는 것인가,
원자는 원자가 아니고 원자가

なく原子でない、　放射は崩壊であるか、　人は永劫である永劫を生き得ることは生命は生でもなく命でもなく光であることであるである。

臭覺の味覺と味覺の臭覺

（立體への絶望に依る誕生）
（運動への絶望に依る誕生）
（地球は空集である時封建時代は涙ぐむ程懷かしい）

一九三一、五、三一、九、一一

아니고 원자가 아니다, 방사는 붕괴인가,
사람은 영겁인 영겁을 살 수
있는 것은 생명은 생도 아니고 명도
아니고 빛인 것인 것이다.

후각의 미각과 미각의 후각

(입체에의 절망에 의한 탄생)
(운동에의 절망에 의한 탄생)
(지구는 빈 둥지일 때 봉건시대는
눈물날 만큼 그립다)

一九三一、五、三一、九、一一

◇ **線に關する覺書 2**

$$1+3$$

$$3+1$$

$$3+1 \qquad 3+1$$

$$1+3 \qquad 1+3$$

$$3+1 \qquad 3+1$$

$$1+3 \qquad 1+3$$

線上の一點 A

線上の一點 B

線上の一點 C

A＋B＋C＝A

A＋B＋C＝B

A＋B＋C＝C

◇ 선에 관한 각서 2

$$1+3 \quad 3+1 \quad 3+1 \quad 1+3 \quad 1+3 \quad 3+1 \quad 3+1 \quad 1+3$$

$$3+1 \quad 1+3 \quad 3+1 \quad 1+3$$

선 위의 한 점 A

선 위의 한 점 B

선 위의 한 점 C

$$A+B+C=A$$

$$A+B+C=B$$

$$A+B+C=C$$

97

二線の交點　A
三線の交點　B
數線の交點　C

3
＋
1

1
＋
3

1
＋
3　　3
　　＋
　　1

3
＋
1　　1
　　＋
　　3

3
＋
1　　1
　　＋
　　3

1
＋
3　　3
　　＋
　　1

3
＋
1

1
＋
3

（太陽光線は、凸レンズのために
收斂光線こなり一點において爀々
こ光り爀々こ燃えた、太初の僥倖
は何よりも大氣の屑こ屑このなす
屑をして凸レンズたらしめなかつ

두 선의 교점 A

세 선의 교점 B

몇 선의 교점 C

$$3+1$$

$$1+3$$

$$1+3 \qquad 3+1$$

$$3+1 \qquad 1+3$$

$$3+1 \qquad 1+3$$

$$1+3 \qquad 3+1$$

$$1+3$$

$$3+1$$

(태양광선은、 凸렌즈 때문에

수렴광선이 되어 한 점에서 혁혁히

빛나고 혁혁히 불탔다、 태초의 요행은

무엇보다도 대기층과 층이 이루는

층을 凸렌즈로 만들지 않았던

99

たここにあるここを思ふこ樂し
い、幾何學は凸レンズの様な火遊
びではなからうか、ユウクリトは
死んだ今日ユウクリトの焦點は到
る處において人文の腦髓を枯草の
様に燒却する收斂作用を羅列する
ここに依り最大の收斂作用を促す
危險を促す、人は絶望せよ、人は
誕生せよ、人は誕生せよ、人は絶
望せよ）一九三一・九・一一

것에 있다는 것을 생각하면 즐겁다,
기하학은 凸렌즈와 같은 불장난이
아닐까, 유클리드는
죽은 오늘날 유클리드의 초점은
도처에서 인문의 뇌수를 마른풀처럼
소각하는 수렴작용을 나열하는
것에 의해 최대의 수렴작용을 재촉하는
위험을 재촉한다, 사람은 절망하라, 사람은
탄생하라, 사람은 탄생하라, 사람은
절망하라) 一九三一 九 一一

```
3 2 1          1 2 3
●●● 1          ●●● 3
●●● 2          ●●● 2
●●● 3          ●●● 1
```

$$\therefore \ _nP_n = n(n-1)(n-2)\cdots\cdots(n-n+1)$$

（腦髓は扇子の樣に圓迄開いた、
そして完全に廻轉した）

一九三一、九、二

◇ 선에 관한 각서 3

1	2	3		3	2	1	
●	●	●	3	●	●	●	1
●	●	●	2	●	●	●	2
●	●	●	1	●	●	●	3

$$\therefore \; nPn=n(n-1)(n-2)\cdots\cdots$$
$$(n-n+1)$$

(뇌수는 접부채처럼 원까지 펼쳐졌다,
그리고 완전히 회전했다)

一九三一、九、一一

103

◇線に關する覺書 4

（未定稿）

彈丸が一圓壔を走つた（彈丸が一直線に走つたにおける誤謬らの修正）

正六砂糖（角砂糖のこと）

瀑筒の海綿質填充（瀑布の文學的解說）一九三一、九、一二

◇ 선에 관한 각서 4

(미정고)

탄환이 한 원기둥을 달렸다 (탄환이 일직선으로 달렸다의 오류들의 수정)

정육사탕(각사탕)

폭포수 물기둥의 해면질 전충(폭포의 문학적 해설) 一九三一、九、一二

◇線に關する覺書 5

人は光よりも迅く逃げるこ人は光を見るか、人は光を見る、年齢の眞空において二度結婚する、三度結婚するか、人は光よりも迅く逃げよ。

未來へ逃げて過去を見る、過去へ逃げて未來を見るか、未來へ逃げることは過去へ逃げること\同じこ\でもなく未來へ逃げることが過去へ逃げることである。擴大する宇宙を憂ふ人よ、過去に生きよ、光よりも迅く未來へ逃げよ。

人は再ひオレを迎へる、人はより若いオレに少くこも相會す、人

◇ 선에 관한 각서 5

사람은 빛보다도 빠르게 달아나면 사람은 빛을 보는가, 사람은 빛을 본다, 연령의 진공에서 두 번 결혼한다, 세 번 결혼하는가, 사람은 빛보다도 빠르게 달아나라.

미래로 달아나서 과거를 본다, 과거로 달아나서 미래를 보는가, 미래로 달아나는 것은 과거로 달아나는 것과 동일한 것도 아니고 미래로 달아나는 것이 과거로 달아나는 것이다. 확대하는 우주를 우려하는 사람이여, 과거에 살라, 빛보다도 빠르게 미래로 달아나라.

사람은 다시 나를 맞이한다, 사람은 보다 젊은 나와 적어도 만난다, 사람은

107

は三度オレを迎へる、人は若いオ
レに少くこも相會す、人は適宜に
待てよ、そしてファウストを樂め
よ、メフイストはオレにあるの
でもなくオレである。

　速度を調節する朝人はオレを集
める、オレらは語らない、過去ら
に傾聽する現在を過去にするこ
は間もない、繰返される過去、過
去らに傾聽する過去ら、現在は過
去をのみ印刷し過去は現在こ一致
するこさはそのこさらの複數の場
合においても同じである。

　聯想は處女にせよ、過去を現在
こ知れよ、人は古いものを新しい
ものこ知る、健忘よ、永遠の忘却
は忘却を皆救ふ。

세 번 나를 맞이한다, 사람은 젊은
나와 적어도 만난다, 사람은 적당히
기다려라, 그리고 파우스트를 즐겨라,
메피스토는 나에게 있는 것도
아니고 나다.

속도를 조절하는 아침 사람은 나를
모은다, 나들은 말하지 않는다, 과거들을
경청하는 현재를 과거로 한 것은
얼마 안 된다, 반복되는 과거,
과거들을 경청하는 과거들, 현재는
과거만을 인쇄해 과거는 현재와 일치하는
것은 그것들의 복수의
경우에도 동일하다.

연상은 처녀로 하라, 과거를 현재로
알라, 사람은 오래된 것을 새로운
것으로 안다, 건망이여, 영원의 망각은
망각을 모두 구한다.

來るオレは故に無意識に人に一致し人よりも迅くオレは逃げる新しい未來は新しくある、人は迅く逃げる、人は光を通り越し未來において過去を待ち伏す、先づ人は一つのオレを迎へよ、人は全等形においてオレを殺せよ。

人は全等形の體操の技術を習へよ、さもなければ人は過去のオレのバラバラを如何にするか。

思考の破片を食べよ、さもなければ新しいものは不完全である、聯想を殺せよ、一つを知る人は三つを知ることを一つを知ることの次にすることを已めよ、一つを知ることこの次は一つのことを知るこ

다가오는 나는 그러므로 무의식적으로 사람에
일치해 사람보다도 빠르게 나는 달아난다
새로운 미래는 새롭게 있다, 사람은 빠르게
달아난다, 사람은 빛을 통과해 미래에서
과거를 매복해 기다린다, 우선 사람은
하나의 나를 맞이하라, 사람은 똑같은
형태에서 나를 죽여라.

사람은 똑같은 형태의 체조 기술을 배워라,
그렇지 않으면 사람은 과거의 나의
날날을 어찌할 것인가.

사고의 파편을 먹어라, 그렇지 않으면
새로운 것은 불완전하다,
연상을 죽여라, 하나를 아는 사람은
셋을 아는 것을 하나를 아는 것의
다음으로 하는 것을 그만둬라, 하나를 아는
것의 다음은 하나를 알게

こをなすこをあらしめよ。
　人は一度に一度逃げよ、最大に
逃げよ、人は二度分娩される前に
××される前に祖先の祖先の祖先
の星雲の星雲の星雲の太初を未來
において見る恐ろしさに人は迅く
逃げるこを差控へる、人は逃げ
る、迅く逃げて永遠に生き過去を
愛撫し過去からして再びその過去
に生きる、童心よ、童心よ、充た
されるこはない永遠の童心よ。
　　　　　　一九三一、九、一二

된 것을 존재케 하라.

사람은 한 번에 한 번 달아나라, 최대로
달아나라, 사람은 두 번 분만되기 전에
××되기 전에 조상의 조상의
성운의 성운의 태초를 미래에서
보는 두려움에 사람은 빠르게
달아나는 것을 삼간다, 사람은 빠르게
달아나 영원히 살고 과거를
빠르게 달아나 영원히 살고 과거에
애무해 과거부터 다시 그 과거에
산다, 동심이여, 동심이여, 충족될 수
없는 영원한 동심이여.

一九三二、九、二

◇線に關する覺書　6

數字の方位學

数字の力學

時間性（通俗思考に依る歴史性）

速度と座標と速度

〒+4

etc

人は靜力學の現象しないこと、
同じくあること、この永遠の假設であ
る、人は人の客觀を捨てよ。

主觀の體系の收斂と收欲に依る
凹レンズ。

4　第四世

4　一千九百三十一年九月十二日
生。

4　陽子核としての陽子と陽子と
の聯想と選擇。

4 ˇ
+ 4

e t c

사람은 정역학을 현상하지 않는 것과

마찬가지인 것의 영원한 가설이다、
사람은 사람의 객관을 버려라。

주관의 체계의 수렴과 수렴에 의한
띠렌즈。

4 제4세

4 1천9백3십1년 9월 12일생。

4 양자핵으로서의 양자와 양자의
연상과 선택。

原子構造としてのあらゆる運算
の研究。

方位と構造式と質量としての数
字の性状性質に依る解答と解答の
分類。

数字を代數的であることにする
ことから数字を数字的であること
にすることから数字を数字である
ことにすることから数字を数字で
あることにすることへ　（1234
56789０の疾患の究明と詩的
である情緒の棄場）

数字のあらゆる性状　数字のあ
らゆる性質　このこととに依る数
字の語尾の　活用に依る　数字の消
滅）

원자구조로서의 모든 연산의 연구。

방위와 구조식과 질량으로서의 숫자의 성상 성질에 의한 해답과 해답의 분류。

숫자를 대수적인 것으로 하는 것에서 숫자를 숫자적인 것으로 하는 것에서 숫자를 숫자인 것으로 하는 것에서 숫자를 숫자인 것으로 하는 것으로 (**1 2 3 4 5 6 7 8 9 0**의 질환의 구명과 시적인 정서의 폐기장)

숫자의 모든 성상 숫자의 모든 성질 이것들에 의한 숫자의 어미 활용에 의한 숫자의 소멸)

算式は光と光よりも迅く逃げる
人とに依り運算せらること。

　人は星─天體─星のために犠牲
を惜むことは無意味である、星と
星との引力圏と引力圏との相殺に
依る加速度函數の變化の調査を先
づ作ること。一九三一、九、一二

수식은 빛과 빛보다도 빠르게 달아나는
사람에 의해 연산되는 것.

사람은 별─천체─별을 위해 희생을
애석해하는 것은 무의미하다、별과
별의 인력권과 인력권의 상쇄에
의한 가속도함수 변화의 조사를 우선
만들 것。一九三一、九、二

◇ 線に關する覺書 7

空氣構造の速度―音波に依る―
速度らしく三百三十メートルを模
倣する（何んご光に比しての甚だ
しき劣り方だらう）

光を樂めよ、光を悲しめよ、光
を笑へよ、光を泣けよ。

光が人であるこ人は鏡である。

光を持てよ。

―

視覺のナマヱを持つこごは計畫
の嚆矢である。視覺のナマヱを發
表せよ。

◇ 선에 관한 각서 7

공기 구조의 속도─음파에 의한─
속도인 듯 3백3십 미터를
모방한다 (어찌 빛에 비해 심히
뒤떨어지는구나)

빛을 즐겨라, 빛을 슬퍼하라, 빛을
웃어라, 빛을 울어라.

빛이 사람이라면 사람은 거울이다.

빛을 가져라.

──

시각의 이름을 가지는 것은 계획의
효시다. 시각의 이름을
발표하라.

123

□　オレノのナマェ。

△　オレの妻のナマェ（既に古い
過去においてオレの　**AMOURE
USEは斯くの如く聰明である**）
よ。

　観覺のナマェの通路は設けよ、
そして それに最大の速度を與へ

——

　ソラは視覺のナマェについての
み存在を明かにする（代表のオレ
は代表の一例を擧げること）

　蒼空、秋天、蒼天、青天、長天
一天、蒼穹（非常に窮屈な地方色

□　나의 이름.

△　나의 아내의 이름 (이미 오래된
과거에서 나의 AMOUREUSE는
이와 같이 총명하다)

그리고 그것에 최대의 속도를 부여하라.
시각의 이름의 통로는 마련하라,

|

하늘은 시각의 이름에 대해서만
존재를 명확히 한다 (대표인 나는
대표의 일례를 들 것)

창공, 추천, 창천, 청천, 장천
일천, 창궁 (매우 갑갑한 지방색이지

ではなからうか）ソラは視覺のナマェを發表した。

　視覺のナマェは人ご共に永遠に生きるべき數字的である或る一點である、視覺のナマェは運動しないで運動のコヂスを持つばかりである。

—

　視覺のナマェは光を持つ光を持たない、人は視覺のナマェのために光よりも迅く逃げる必要はない。

　視覺のナマェらを健忘せよ。

　視覺のナマェを節約せよ。

않은가) 하늘은 시각의 이름을
발표했다.

시각의 이름은 사람과 함께 영원히
살아야만 하는 숫자적인 어느 한 점이다,
시각의 이름은 운동하지 않고
운동의 코스를 가질 뿐이다.

시각의 이름은 빛을 가진 빛을
가지지 않는다, 사람은 시각의 이름을 위해
빛보다도 빠르게 달아날 필요는 없다.

시각의 이름들을 잊어라.

시각의 이름을 절약하라.

人は光よりも迅く逃げる速度を調節し屡々過去を未來において淘汰せよ。一九三一、九、一二

사람은 빛보다도 빠르게 달아나는 속도를
조절해 몇 번이고 과거를 미래에서
도태하라. 一九三一、九、一二

建築無限六面角體

李　　　　　　箱

건축무한육면각체

이   상

◈ AU MAGASIN DE
NOUVEAUTES

四角の中の四角の中の四角の中の四角　の中の
四角。

四角な圓運動の四角な圓運動　の　四角　な
圓。

石鹼の通過する血管の石鹼の匂を透視する人。

地球に倣つて作られた地球儀に倣つて作られた
地球。

去勢された襪子。（彼女のナマヘはワアズであ
つた）

貧血緬絕，アナタノカホイロモスヅメノアシノ
ヨホデス。

平行四邊形對角線方向を推進する莫大な重量。

マルセイユの春を解纜したコテイの香水の迎へ
た東洋の秋。

快晴の空に鵬遊するZ伯號。蛔蟲良藥と書いて
ある。

◈AU MAGASIN DE
NOUVEAUTES

사각 안의 사각 안의 사각 안의 사각 안의
사각。
사각인 원운동의 사각인 원운동 의 사각 인
원。
비누가 통과하는 혈관의 비누 냄새를 투시하는 사람。
지구를 본떠 만들어진 지구의를 본떠 만들어진
지구。
거세된 양말。 (그녀의 이름은 워어즈였다)
빈혈 면포、당신의 얼굴빛도 참새 다리
같습니다。
평행사변형 대각선 방향을 추진하는 막대한 중량。
마르세유의 봄을 해람한 코티의 향수를 맞이한
동양의 가을。
쾌청한 하늘에 붕유하는 Z백호。회충양약이라고 쓰여
있다。

屋上庭園，猿猴を眞似てゐるマドモアゼル。

彎曲された直線を直線に走る落體公式。

文字盤にXIIに下された二個の濡れた黄昏。

ドァァの中のドァァの中の鳥籠の中のカナリヤの中の嵌殺戸扉の中のアイサツ。

食堂の入口迄來た雌雄の樣な朋友（トモ）が分れる．

黒インクの溢れた角砂糖が三輪車に積荷（コボ）れる。

名刺を踏む軍用長靴。街衢を疾驅する造花金蓮。

上から降りて下から昇つて上から降りて下から昇つた人は下から昇らなかつた上から降りなかつた下から昇らなかつた上から降りなかつた人。

あのオンナの下半はあのオトコの上半に似てるる，（僕は哀しき邂逅に哀しむ僕）

四角な箱櫃（ケエス）が歩き出す。（ムキミナコトダ）

ラヂエエタァの近くで昇天するサヨホナラ。

外は雨。發光魚類の群集移動。

옥상정원。원숭이를 흉내 내고 있는 마드모아젤。

만곡된 직선을 직선으로 달리는 낙체 공식。

문자판에 XII에 주어진 두 개의 젖은 황혼。

도어 안의 도어 안의 새장 안의 카나리아

안의 감살문 안의 인사。

식당 입구까지 온 자웅 같은 친구가 헤어진다。

검은 잉크가 넘친 각설탕이 삼륜차에 실린다。

명함을 밟는 군용 장화。거리를 질구하는 조화 금련。

위에서 내리고 아래에서 오르고 위에서 내리고 아래에서

오른 사람은 아래에서 오르지 않았던 위에서 내리지 않았던

아래에서 오르지 않았던 위에서 내리지 않았던

사람。

저 여자의 하반은 저 남자의 상반과 닮았다。

(나는 슬픈 해후에 슬퍼하는 나)

사각인 케이스가 걷기 시작한다。 (소름 끼치는 일이다)

라디에이터 근처에서 승천하는 잘 가요。

밖은 비。발광 어류의 군집 이동。

◇ 熱 河 略 圖　No. 2（未定稿）

1931年の風雲を寂しく語つてゐるタンクが早晨
の大霧に赭く錆びついてゐる｡
客棧の炕の中。（實驗用アルコホルランプが灯
の代りをしてゐる）
ベルが鳴る。
小孩が二十年前に死んだ溫泉の再噴出を知らせ
る｡

◈ 열 하 약 도 No·2 (미정고)

1931년의 풍운을 쓸쓸히 말하고 있는 탱크가 아침의
짙은 안개에 붉게 녹슬어 있다.
객잔의 캉 속。 (실험용 알코올램프가 등불을
대신하고 있다)
벨이 울린다.
아이가 20년 전에 죽은 온천의 재분출을 알린다.

◇ 診　断　0：1

或る患者の容態に關する問題。

1 2 3 4 5 6 7 8 9 0 ・

1 2 3 4 5 6 7 8 9 ・ 0

1 2 3 4 5 6 7 8 ・ 9 0

1 2 3 4 5 6 7 ・ 8 9 0

1 2 3 4 5 6 ・ 7 8 9 0

1 2 3 4 5 ・ 6 7 8 9 0

1 2 3 4 ・ 5 6 7 8 9 0

1 2 3 ・ 4 5 6 7 8 9 0

1 2 ・ 3 4 5 6 7 8 9 0

1 ・ 2 3 4 5 6 7 8 9 0

・ 1 2 3 4 5 6 7 8 9 0

診斷 0：1

2 6 ・ 1 0 ・ 1 9 3 1

以上　責任醫師　李箱

◈ 진 단 0:1

어떤 환자의 용태에 관한 문제。

1 2 3 4 5 6 7 8 9 0 ·

1 2 3 4 5 6 7 8 9 · 0

1 2 3 4 5 6 7 8 · 9 0

1 2 3 4 5 6 7 · 8 9 0

1 2 3 4 5 6 · 7 8 9 0

1 2 3 4 5 · 6 7 8 9 0

1 2 3 4 · 5 6 7 8 9 0

1 2 3 · 4 5 6 7 8 9 0

1 2 · 3 4 5 6 7 8 9 0

1 · 2 3 4 5 6 7 8 9 0

· 1 2 3 4 5 6 7 8 9 0

진단 **0:1**

 2 6 · 1 0 · 1 9 3 1

이상 책임의사 이상

◈ 二 十 二 年

前後左右を除く唯一の痕跡に於ける

翼段不逝　目大不覩

胖矮小形の神の眼前に我は落傷した 故事を 有
つ、

（臟腑　其者は浸水された畜舎とは異るもので
あらうか）

◈ 2 2 년

전후좌우를 제외한 유일한 흔적에 있어

익단불서   목대부도

반왜소형 신의 눈앞에 나는 낙상한 고사를 지닌다.

(장부   그것은 침수된 축사와는 다른

것인가)

◇ 出 版 法

I

虚偽告發ミ云ふ罪目が僕に死刑を言渡した。樣
姿を隱匿した蒸氣の中に身を構へて僕はアスフ
ァルト釜を睥睨した。

一直に關する典古一則一

其父攘羊　其子直之

僕は知るこミを知りつつあつた故に知り得なか
つた僕への執行の最中に僕は更に新いものを知
らなければならなかつた。
僕は雪白に曝露された骨片を搔き拾ひ始めた。
「肌肉は以後からでも着くこミであらう」
剝落された宵血に對して僕は斷念しなければな
らなかつた。

II　或る警察探偵の秘密訊問室に於ける

嫌疑者ミして舉げられた男子は地圖の印刷され
た糞尿を排泄して更にそれを嚥下したこミに就
いて警察探偵は知る所の一つを有たない。發覺

◇ 출 판 법

I

허위고발이라는 죄명이 나에게 사형을 언도했다.

형체를 은닉한 증기 속에 태세를 갖추고 나는

아스팔트가마를 비예했다.

─곧음에 관한 전고 1칙─

기부양양　기자직지

나는 아는 것을 알고 있었던 까닭에 알 수 없었던

나를 향한 집행의 한가운데에 나는 더욱 새로운 것을

알지 않으면 안 되었다.

나는 순백으로 폭로된 골편을 주워 모으기 시작했다.

「피부 근육은 나중에라도 붙겠죠」

박락된 고혈에 대해 나는 단념하지 않으면

안 되었다.

II　어느 경찰 탐정의 비밀 신문실에서

혐의자로 거론된 남자는 지도가 인쇄된

분노를 배설하고 다시 그것을 삼킨 것에 대해

경찰 탐정은 아는 바가 하나도 없다. 발각되는

されるこゝはない級數性消化作用　人々はこれ
をこそ正に妖術と呼ぶであらう。
「お前は鑛夫に違ひない」
因に男子の筋肉の斷面は黑曜石の樣に光つてゐ
たと云ふ。
III　號外

磁石收縮し始む

原因頗る不明なれども對内經濟破綻に依る脱獄
事件に關聯する所多々有りと見ゆ。斯道の殺人
鳩首秘かに研究調査中なり。
開放された試驗管の鍵は僕の掌皮に全等形の運
河を掘鑿してゐる。軈で濾過された瘀血の樣な
河水が汪洋として流れ込んで來た。
IV
落葉が窓戸を滲透して僕の正裝の貝釦を掩護す
る。

일은 없는 급수성 소화작용 사람들은

이것이야말로 틀림없이 요술이라 부를 것이다.

「너는 광부임이 틀림없다」

참고로 남자의 근육의 단면은 흑요석처럼 빛나고

있었다고 한다.

III 호외

자석 수축하기 시작한다

원인 몹시 불명하지만 대내 경제 파탄에 의한 탈옥

사건에 관련된 바 다수 있다고 보인다. 이 방면의 주요 인물

회담 비밀리에 연구 조사 중이다.

개방된 시험관의 열쇠는 나의 손바닥에 동일한 형태의

운하를 굴착하고 있다. 이윽고 여과된 고혈 같은

하수가 왕양하게 흘러 들어왔다.

IV

낙엽이 창호를 삼투해 나의 정장의 자개단추를 엄호한다.

暗 殺

地形明細作業の未だに完了していないこの窮僻の地に不可思議な郵遞交通が既に施行されてゐる。僕は不安を絶望した。

日暦の反逆的に僕は方向を失つた。僕の眼睛は冷却された液體を幾切にも斷ち剪つて落葉の奔忙を懸命に幇助していなければならなかつた。

（僕の猿猴類への進化）

암 살

지형 명세 작업이 아직도 완료되지 않은 이 궁벽의
땅에 불가사의한 우체 교통이 이미 시행되고 있다.
나는 불안을 절망했다.
일력의 반역적으로 나는 방향을 잃었다. 나의 눈동자는
냉각된 액체를 여러 조각으로 잘라 낙엽의
분망을 열심히 방조하고 있지 않으면 안 되었다.
 (나의 원숭이류로의 진화)

◇ 且 8氏 の 出發

龜裂の入つた莊稼泥地に一本の棍棒を挿す。

一本のまま大きくなる。

樹木が生える。

> 以上 挿すことと生えることとの圓滿な融合を
> 示す。

沙漠に生えた一本の珊瑚の木の傍で豕の樣なヒ
トが生埋されるこゝをされるこゝはなく　淋し
く生埋するこゝに依つて自殺する。

滿月は飛行機より新鮮に空氣を推進するこゝの
新鮮さは珊瑚の木の陰鬱さをより以上に増すこ
ゝの前のこゝである。

> **輪不轉地**　展開された地球儀を前にしての設問
> 一題。

棍棒はヒトに地を離れるアクロバテイを敎へる
がヒトは了解するこゝは不可能であるか。

地球を掘鑿せよ。

◈ 차[8시]의 출발

균열이 간 농경지에 한 그루의 곤봉을 꽂는다.

한 그루인 채 커진다.

수목이 자란다.

　　　　이상　꽂는 것과 자라는 것의 원만한 융합을
　　　　　　　보여준다.

사막에 자라난 한 그루의 산호나무 곁에서 돼지 같은

사람이 생매장되는 일을 당하는 일은 없고　쓸쓸히

생매장하는 것에 의해 자살한다.

만월은 비행기보다 신선하게 공기를 추진하는 것의

신선이란 산호나무의 음울함을 더 이상 늘리는

것의 앞선 것이다.

　　윤부전지　전개된 지구의를 앞둔 설문
　　　　　　　　일제.

곤봉은 사람에게 땅을 떠나는 아크로바티를 가르치는데

사람은 이해하는 것은 불가능한가.

지구를 굴착하라.

同時に

生理作用の齎らす常識を抛棄せよ。

一散に走り　又　一散に走り　又　一散に走り
又　一散に走る　ヒト　は　一散に走る　こ
らを停止する。

沙漠よりも靜謐である絶望はヒトを呼び止める
無表情である表情の無智である一本の珊瑚の木
のヒトの脖頸の背方である前方に相對する自發
的の恐懼からであるがヒトの絶望は靜謐である
こゝを保つ性格である。

地球を掘鑿せよ。

同時に

ヒトの宿命的發狂は棍棒を推すことで
あれ。[*]

　*事實且8氏は自發的に發狂した。そしてい
　つの間にか且8氏の溫室には隱花植物が花
　を咲かしていた。涙に濡れた感光紙が太陽
　に出會つては白々と光つた。

동시에

생리작용이 초래한 상식을 포기하라。

쏜살같이 달려   또   쏜살같이 달려   또   쏜살같이 달려

또   쏜살같이 달리는   사람   은   쏜살같이 달리는   것들을

정지한다。

사막보다도 고요한 절망은 사람을 불러 세우는

무표정인 표정의 무지한 한 그루의 산호나무의

사람의 목덜미인 전방에 상대하는 자발적인

두려움으로부터인데 사람의 절망은 고요한

것을 지니는 성격이다。

지구를 굴착하라。

　동시에

사람의 숙명적 발광은 곤봉을 미는

것이어라。[*]

　[*] 사실 차[8]씨는 자발적으로 발광했다。그리고
　　어느샌가 차[8]씨의 온실에는 은화식물이 꽃을
　　피우고 있었다。눈물에 젖은 감광지가 태양과
　　만나서는 새하얗게 빛났다。

◇ 眞　晝 ——或る ESQUISSE ——

○

ELEVATER FOR AMERICA.

○

三羽の鷄は蛇紋石の階段である。ルンペンこ毛布。

○

ビルデイングの吐き出す新聞配達夫の群。都市計畫の暗示。

○

二度目の正午サイレン。

○

シヤボンの泡沫に洗はれてゐる鷄。蟻の巣に集つてコンクリヒトを食べてゐる。

○

男を轆挪ぶ石頭。

男は石頭を屠獸人を嫌ふ樣に嫌ふ。

◈ 대 낮 —— 어느 ESQUISSE——

○

ELEVATER FOR AMERICA.

○

세 마리 닭은 사문석 계단이다。룸펜과
모포。

○

빌딩이 토해 낸 신문 배달부 무리。도시
계획의 암시。

○

두 번째 정오 사이렌。

○

비누 거품에 씻기고 있는 닭。개미집에 모여
콘크리트를 먹고 있다。

○

남자를 옮기는 돌머리。
남자는 돌머리를 도살자를 싫어하듯 싫어한다。

〇

三毛猫の様な格好で太陽群の隙間を歩く詩人。

コケコツコホ。

　途端　磁器の様な太陽が更^{フタ}一つ昇つた。

〇

○

삼색 고양이 같은 차림으로 태양 무리의 틈을 걷는 시인.

꼬끼오。

　순간　자기 같은 태양이 다시 하나 떠올랐다.

○

昭和五年 二月 第九輯第 二号 朝鮮建築會

이상이 그린 1930년 《조선과 건축》 표지

사람이

비밀이 없다는 것은 재산 없는 것처럼

가난하고 허전한 일이다.

−이상, 〈실화〉 중에서

　대중에게 소외된 이상의 시를 오래 붙들고 있었다. 어느덧 이상보다 더 나이를 먹었지만, 이십 대에 머물러 있는 그를 아직도 손쉽게 놓아주지 못하고 있다. 하나를 이해하면 새로운 두 개가, 둘을 이해하면 새로운 네 개가 나를 기다리고 있는, 그 발산의 에너지를 이상의 시를 통해 만난다. 이상 시의 무한 확장 가능성, 그로 인해 끝없이 자유롭고, 끝없이 헤매며, 끝없이 실패한다. 그렇기에 끊임없이 다가가고, 끊임없이 좌절한다. 나의 이 방황은 내가 자진해 선택한 것이고,

이 책은 이러한 방황을 자진해 선택할 사람들, 나의 벗이자 이상의 팬이 되어줄 사람들을 위한 것이다.

　이 책은 이상으로부터 출발하지만, 이상으로 귀결된다고 말할 수는 없다. 나에게 이상은 한 번도 온전하게 이해된 적 없는, 완벽하게 해석될 수 없는 존재이기에, 번역의 과정에서 그의 작품은 내 손을 타 오염되었음을 시인할 수밖에 없다. 나의 말로 나의 흔적을 지워나가고자 하였기에 결국 나는 남을 것이다. 그럼에도 불구하고 이러한 작업을 수행한 까닭은 그에게 다가가기 위함이다. 온전할 수는 없어도 훼손하지는 않겠다는 다짐으로 그 시간을 채워나갔지만, 여전히 아쉽고, 여전히 부끄러우며, 앞으로도 계속 그럴 것이다. 이 번역은 문제적이야, 다른 방법을 강구해야 해라고 누군가 마음먹는 순간이 온다면, 비로소 나는 해방될 것이다.

2023년 3월
김동희

영원한 가설
이상의 일본어 시 28편

초판 1쇄 발행 2023년 3월 11일
ⓒ김동희 · 읻다, 2023

지은이 이상
옮긴이 김동희
기획 김현우
기획 자문 김익균 양순모

편집 이해임 김준섭 김보미 최은지
일본어 감수 다케다 유키武田悠希
디자인 김마리
인쇄 영신사

펴낸곳 읻다
등록 제300-2015-43호. 2015년 3월 11일
주소 (04035) 서울시 마포구 양화로11길 64,
     401호

전화 02-6494-2001
팩스 0303-3442-0305
홈페이지 itta.co.kr
이메일 itta@itta.co.kr

ISBN 979-11-89433-77-2 (00800)